YN CYFLWYNO
PRESENTS

Yr ARTH a fu'n Bloeddic

Y fersiwn Saesneg

The Bear Who Went Boo! gan David Walliams
Hawlfraint y testun © David Walliams 2015
Hawlfraint yr arlunwaith © Tony Ross 2015
Llythrennu enw'r awdur © Quentin Blake 2010
Cyhoeddwyd gyntaf yn 2015 gan *HarperCollins Children's Books*, 1 London Bridge Street, Llundain SE1 9GF
Mae hawliau David Walliams a Tony Ross wedi'u cydnabod fel Awdur a Dylunydd y gwaith hwn.
Mae eu hawliau wedi'u datgan dan Ddeddf Hawlfreintiau, Dyluniadau a Phatentau 1988.
Cedwir pob hawl

Y fersiwn Cymraeg

Addaswyd gan Eurig Salisbury
Dyluniwyd gan Owain Hammonds
Cyhoeddwyd yn Gymraeg gan Atebol Cyfyngedig, Adeiladau'r Fagwyr, Llanfihangel Genau'r Glyn, Aberystwyth, Ceredigion SY24 5AQ
Hawlfraint y cyhoeddiad Cymraeg © Atebol Cyfyngedig 2016
Cedwir pob hawl. Ni chaniateir atgynhyrchu unrhyw ran o'r cyhoeddiad hwn nai'i throsglwyddo ar unrhyw ffurf neu drwy unrhyw fodd, electronig neu fecanyddol, gan gynnwys llungopïo, recordio neu drwy gyfrwng unrhyw system storio ac adfer, heb ganiatâd ysgrifenedig y cyhoeddwr.

ISBN 978-1-910574-60-7

www.atebol.com

Addaswyd gan Eurig Salisbury

Lluniau gan yr artist anhygoel *Tony Ross*

atebol

Ar ben y byd
roedd arth fach wen yn byw,
a honno'n un hy iawn, iawn.

At the top of the world
lived a very cheeky polar bear.

Un fach oedd yr arth,
ond roedd wrth ei bodd
yn **codi ofn**
ar yr anifeiliaid eraill.

He was only little
but he loved
giving the other animals
a big fright.

Fe fyddai'n sleifio y tu ôl iddyn nhw yn ofalus ac yn ddistaw
ac yna'n bloeddio …

Slowly and silently he would creep up behind them
before going…

'BW!'

Ac wrth i'r anifeiliad truan weiddi mewn ofn ...

The poor creatures would shriek...

byddai'r cenau bach yn rholio chwerthin

as the little cub would roll around

ar ben ei digon.

hooting with laughter.

Byddai ei Mam yn gofyn iddi
drosodd a throsodd,

The little cub's mama would ask him
time and time again,

'Beth pe bai
rhywun hy yn bloeddio
bw arnat ti?'
'How would you like it if someone
went **boo to you?'**

Ond doedd yr arth fach
yn poeni dim.

But he wouldn't listen.

Roedd hi am fod
yn **fawr** ac yn **arswydus**
fel Dad.

All the little cub longed for was to be
big and **fearsome** like his papa.

Un bore fe welwyd hofrennydd fry yn yr awyr.
Aeth y gair ar led ar draws yr Arctig
fod dyn ar ei ffordd yno i wneud

RHAGLEN DELEDU

One morning a helicopter was spotted in the sky.
News spread across the ice that a man
was coming to the Arctic to make a

TELEVISION SHOW.

Roedd yr anifeiliaid i gyd am fod yn

ENWOG

Dechreuodd pob un ymbincio
ar gyfer y camerâu.

The animals were going to be **FAMOUS**

They began making themselves look beautiful for the cameras.

Roedd angen lliw haul ar un walrws garw ei groen. Gorweddodd yn noeth ar yr iâ.

A wrinkly walrus wanted to top up his tan. He decided to sunbathe in the nude.

Sleifiodd y cenau bach …

The little cub crept up…

y tu ôl i'r walrws …

behind the walrus…

Cafodd y walrws gymaint o fraw, fe *glepiodd* ei gynffon yn yr awyr.

The walrus was so shocked he *kicked up* his back flippers.

Wrth iddo *sgrialu* dros yr iâ, roedd ei ddau ddant hir fel pâr o sgis oddi tano!

His tusks became skis as he *zoomed* across the snow.

WWWHHHIIIZZZZ....!

Gerllaw, roedd torf o adar y pâl wrthi'n twtio eu plu.
Amser i floeddio am yr eildro.

Meanwhile a platoon of puffins preened their feathers.
Time to do Boo Two.

'BW!'

'Crawc!'

'Crawc!'

'Crawc!'

'Crawc!'

'Crawc!'

'Crawc!'

'Crawc!'

Cafodd adar y pâl fraw mawr
a hedfanodd pob un yn wyllt dros y lle.

Pob adain yn pwnio.

Pob pig mewn panig ...

Startled, the puffins all
tried to take flight at once.

Wings walloped.

Beaks bashed...

a dyma'r adar truan yn taro'n **bendramwnwgl** i mewn i fynydd iâ.

and the poor birds crashed headfirst into an iceberg.

CLATSH!!!

Roedd yr arth fach wrth ei bodd.

There was no stopping the little cub now.

Nesaf fe dorrodd dwll yn yr iâ gyda'i phawen, a phlymio i lawr i ddŵr rhewllyd y môr.

O dan y dŵr, rhaid bloeddio bw, siŵr. Ond ar bwy?

Next he sawed a hole in the ice sheet with his paw,
before diving down into the freezing water below.

Time to do an underwater boo.
But to who?

Gwelodd y cenau bach
ddau forfil du a gwyn
yn ymarfer
*dawnsio'n osgeiddig
gyda'i gilydd*
ar gyfer y camerâu.

The little cub spied a pair of killer whales practising a
synchronised swimming routine,
ready for the cameras.

'Bw!'

Glaniodd un
ar ei fola
ar yr iâ.
Yna glaniodd
y tewaf
o'r ddau
ar ben
ei ffrind.

The first
belly-flopped
on to the ice.
Then the more
blubbery of
the two
landed on
top of his
poor friend.

Boing!

Boing!

Boing!

Wrth i'r haul fachludo dros yr Arctig,
gwelodd yr arth fach hy ryw anifail rhyfedd
nad oedd erioed wedi ei weld o'r blaen.

As the sun was setting over the Arctic the cheeky little cub spotted
a very odd-looking animal he had never seen before.

Neidiodd y dyn truan yn ôl
a syrthiodd gydag un
plop mawr yn y môr.

The poor man leaped backwards
and fell with a giant plop into the sea.

Roedd y dŵr MOR oer,
pan stryffaglodd y dyn allan o'r môr
roedd wedi ei rewi mewn **blocyn o iâ.**

The water was SO cold that when he clambered
out he was encased in a **block of ice.**

'*Naaaaaaaaaa!*'

Roedd y dyn yn wyllt gacwn. Aeth ei wyneb yn goch fel tomato, a dechreuodd yr iâ feirioli.
'Dydw i erioed wedi gweld anifail mor haerllug yn fy myw! Dwi wedi …

The man was furious. His face glowed bright red like a tomato, and the ice soon began to melt.
'In all my years I have never met such a badly-behaved animal! I've had…

Wrth i'r cenau bach wylio'r hofrennydd yn hedfan i ffwrdd,
daeth yr anifeiliaid eraill at ei gilydd. Roeddyn nhw wedi **colli** eu cyfle i fod yn **ENWOG**.

As the little cub watched the helicopter leave, all the animals gathered. Now they were going to miss their moment of **FAME**.

'Mae'n bryd inni ddysgu gwers i'r arth fach hy ...'

'It's time to teach that little bear a big lesson…'

Y noson honno, ymlwybrodd y cenau bach adref.

That night the little cub trudged slowly back home.

Ond wrth iddi gerdded i mewn i'r ogof …

But as he entered his snow cave…

Cododd blew'r cenau bach
i fyny'n syth, fel pe bai hi wedi
cael ei **tharo gan fellten.**

The little cub's fur stood up
on end as if he'd been hit by
a **bolt of lightning.**

'Aaaa!'

Roedd Mam yn llygad ei lle.
Doedd yr arth fach wen
ddim yn hoff iawn
o gael braw.

Mama Bear was right. He didn't like it **one bit.**

Roedd hi wedi dysgu gwers bwysig.
O'r eiliad honno ymlaen, dyma hi'n addo
peidio â bloeddio bw byth, **byth eto.**

The little cub had learned a big lesson.
From that moment he promised never, **ever,** to go boo again.

Wel, dim ond un
waith eto …

Well maybe one last time…

'BW!'